詩

13人의 시혼

夢

시문학
제16집 **시몽**

발행일   2019년 11월 30일

지은이   권동기 외 12인
펴낸이   손 형 국
펴낸곳   (주)북랩
편집인   선일영   편집   오경진, 강대건, 최예은, 최승헌, 김경무
디자인   이현수, 김민하, 한수희, 김윤주, 허지혜   제작   박기성, 황동현, 구성우, 정성배
마케팅   김회란, 박진관, 조하라, 장은별
출판등록   2004. 12. 1(제2012-000051호)
주소   서울시 금천구 가산디지털 1로 168, 우림라이온스밸리 B동 B113~114호, C동 B101호
홈페이지   www.book.co.kr
전화번호   (02)2026-5777   팩스   (02)2026-5747

ISBN   979-11-6299-989-9 03810 (종이책)   979-11-6299-990-5 05810 (전자책)

이 도서의 국립중앙도서관 출판예정도서목록(CIP)은 서지정보유통지원시스템 홈페이지(http://seoji.nl.go.kr)와
국가자료공동목록시스템(http://www.nl.go.kr/kolisnet)에서 이용하실 수 있습니다.

(주)북랩 성공출판의 파트너
북랩 홈페이지와 패밀리 사이트에서 다양한 출판 솔루션을 만나 보세요!
홈페이지 book.co.kr • **블로그** blog.naver.com/essaybook • **출판문의** book@book.co.kr

시 문 학
제 1 6 집

13人의 시혼

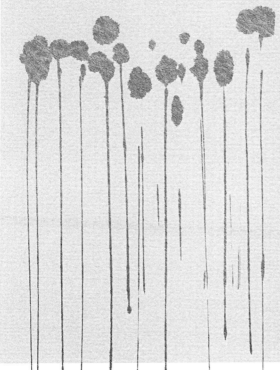

시몽시인협회

가은 고경희
류심 백승훈
백암 권동기
비원 김영란
송야 김효정
여산 문서진
죽장 장병오
천안 김영진
춘곡 김광섭
함초 신옥심
혜민 우종준
혜안 김미애
혜원 최인순

북랩 book Lab

권두시 卷頭詩

— 제16집 '13人의 아름다운 詩들'

작년에 펴낸
제15집에 이어
올해도 어김없이
제16집을 탄생시키는데
기여한 시몽인들의 노고에 힘입어
다음 또 다음을 이어가는데
초석이 되리라 확신하는 바다.

홀로서 독백하듯 쓴 소중한 작품을
뜻깊은 개인시집으로
또는 공동 시문학집으로 펴내는 것은
극히 당연한 일이며
이마저도 게을리하거나 뜸 들인다면
이는 문학인으로서 시인으로서의
역할이 아니라고 본다.

그러기에
비움만큼 채움이요
채움만큼 비움이 있어야
더 깊어가는, 더 높아가는
작품 세계가 형성되어 가는 것이며
한층 더 성숙해 가는
창작인의 자세가 아닌가 싶다.

내년에도
아낌없는 참여도를 높여
시단詩壇의 일원으로서의
큰 맥을 잇는데
큰 역할을 기대하면서
참여하신 13人의 시몽인들께
감사의 인사 드리는 바다.

2019년 11월 영덕에서
회장 白巖 배상

연혁沿革

○ 2004년 8월 28일 시몽 출범(시를 꿈꾸고, 시를 가꾸고, 시를 꾸미는 시혼)

○ 2007년 9월 11일 서울시청 '시몽시문예'(서울사02183) 등록

○ 2008년 9월 25일 제01집 '16인의 시혼' 발행

○ 2009년 3월 21일 제02집 '12인의 시혼' 발행(12인 시인패 증정)

○ 2009년 9월 05일 제03집 '15인의 시혼' 발행(05인 시인패 증정)

○ 2010년 3월 06일 제04집 '18인의 시혼' 발행(09인 시인패 증정)

○ 2010년 9월 04일 제05집 '23인의 시혼' 발행(09인 시인패 증정)

○ 2011년 2월 22일 영덕군청 '시몽시문학'(영덕사00001) 등록

○ 2011년 3월 12일 제06집 '19인의 시혼' 발행(07인 시인패 증정)

○ 2011년 9월 24일 제07집 '17인의 시혼' 발행(07인 시인패 증정)

○ 2012년 3월 17일 제08집 '18인의 시혼' 발행(03인 시인패 증정)

○ 2012년 9월 01일 제09집 '20인의 시혼' 발행(04인 시인패 증정)

○ 2013년 3월 23일 제10집 '18인의 시혼' 발행(01인 시인패 증정)

○ 2013년 9월 07일 제11집 '19인의 시혼' 발행(01인 시인패 증정)

○ 2014년 3월 15일 제12집 '15인의 시혼' 발행(01인 시인패 증정)

○ 2014년 9월 20일 제13집 '14인의 시혼' 발행(03인 시인패 증정)

○ 2015년 3월 21일 제14집 '15인의 시혼' 발행(04인 시인패 증정)

○ 2018년 6월 22일 제15집 '18인의 시혼' 발행(02인 시인패 증정)

가은 可恩

- **본명** 고경희 高京姬
- **출생** 1962년 제주 성산포
- **거주** 경북 구미
- **현재** 시몽시인협회 회원
- **홈피** www.cyworld.com/hee628

- **공저**

- 제01집 시몽시문학 '빗물' 외 5편(2008. 9)
- 제02집 시몽시문학 '마음' 외 6편(2009. 3)
- 제03집 시몽시문학 '고독' 외 5편(2009. 9)
- 제04집 시몽시문학 '얼굴' 외 4편(2010. 3)
- 제05집 시몽시문학 '추억' 외 4편(2010. 9)
- 제07집 시몽시문학 '이별' 외 6편(2011. 9)
- 제15집 시몽시문학 '가을' 외 6편(2018. 6)

가은 01
수채화

국밥과 석쇠불고기
상 위에 먹음직스럽게
차려 놓았다
급한 사내아이는
하얀 도화지에
잘 익은 토마토색으로
수채화 한 작품을
그려 놓았다
어미는 그림 앞에서
야단법석이다.
소금에 절인 고기를
먹고 있는 어린 송아지
입술 비비며
어미젖을 찾는다.

햇살 한 줌 사던 날

가난한 베란다 화초들은
흙냄새마저 잃어간다.
몸통이 가늘어지고
팔다리가 잘려 나가고
몇 년만 기다려
몇 달만 기다려
몇 칠만 기다려
기다림에 지친 화초들은
가물가물 약속마저 잃어간다.

햇살 한 줌 사기 위해
통장 계좌이체 하던 날
표면온도 오천칠백 켈빈
내부온도 천오백만 켈빈
간 크게 태양을 통째로
샀다.

스마트폰

꿀맛 같은 휴식 시간
여자 셋이 모이면 접시가 깨진다는
조선시대 이야기처럼

그 집 신랑 어떻더라.
그 집 아이 다음 달에 결혼한다더라.
전주댁 친정 가던데

도란도란 풍겨 나오는
수다는 포장해서
남극으로 보낸 지 오래다

아편 중독에 좀비가 된 사람들
차 밑 길고양이 하품하며 웃는다.

가은 04
그때는 그랬다

두 아들 녀석이
중고등학교에 입학하면서
돈 찍어내는 기계의 몸으로
살았던 적이 있다.

새벽 5시에서 오후 2시까지
저녁 6시에서 밤 11시까지
기계는 낮과 밤을 오가며
비싼 웃음을 사기 위해
뛰고 또 뛰었다.

넘어져 상처가 난 무릎에선
염증이 심하다 하는데
가동이 멈춘 기계에선
병원비 지출내역서가 끊임없이
출력이 되어 나온다.

갱년기

아직 떠나지 못한 여름
빛이 없는 터널에서
여름과 겨울 사이에서 멈춰버린 강

꽃을 피우기 위한 도구로만
먹고 살아가기 위한 도구로만 사용된
내 작은 육체의 도구들

힘들 때 잠시 쉬라할 걸
아플 때 잠시 살펴볼 걸
그랬더라면
떠난 여름 아쉬워하며
가을과 사랑할 텐데.

빈 들녘에는

축구 공격수 모두 떠난 들녘에
하얀 축구공
쌀 한 톨의 포상을 내걸고
산고의 고통을 겪었을

가끔은 비구름 몰려와 응원했을
산새들과 풀벌레 소리 높여 응원했을
함께 슬퍼하며 기뻐하며
승리에 공 저 높이 띄워 올렸을
어머니의 운동장

한 톨의 쌀이 내 생명의 전부인 것처럼
하얀 보자기에 싸인 축구공
소의 생명줄인 것을.

전단지

오르락내리락 패엽이 쌓인 계단
구구절절 사연 많은 낙엽들
어느 자장면 집 만이 대학 등록금 명세서
어느 딸내미 결혼 청첩장
그리고
매월 들어가는 실비 보험료
오늘도 거북이 등짝은 만원이다.
내일 아침에도 거북이 등짝에는
새로운 희망이 덕지덕지 붙어 있겠지.

부재증

방황에서 돌아왔네.
추억도 사랑도 이곳 시몽에 잠시 맡겨두고
바람 부는 대로 강물 흐르는 대로
길을 떠났었네.
차디찬 겨울에서
초록 물결이 넘실대는 여름에서
수없이 만난 사람들 안에
수입이 무엇인지
지출이 무엇인지
명세서 꺼내 계산기 툭툭 눌러보니
번 것도 손해 본 것도 없는
본전치기라네.

잃어버린 목걸이

목걸이 잃어버린 줄도 모르고 며칠을 보낸 나
8시간을 같이 일하는 동료들도
내 식구들조차도 까마득히 모른 채

어디에서 어떻게 잃어버렸는지
20년 세월 외로웠던 탓일까
푸석푸석 진이 빠진 피부에
쪼글쪼글 주름진 세월에서 벗어나고자 하는
발버둥인가

애지중지 기르던 강아지 잃어버렸을 때도
내 심정이 멎는 것처럼 슬픔에 잠긴 까닭들도
잃어버림에 늘 불안한 시간들 때문이다.

늘 같이했던 한쪽이 내 몸에서 이별을 했음에도
널 찾기 위해 달려가지 못하는
날 용서해다오.

가은 10

슬픈 자연 꽃꽂이

길가 오아시스
꽃집에서도 볼 수 없는
특별한 꽃꽂이 전시장
주문 배달도 없고
주인 명찰을 달고 감시하는 이도 없고
CCTV 달린 곳도 없고
눈치도 거래도 없는
각양각색의 꽃 전시장
짙은 향기를 안고
바람결에 띄우는
아카시아 향기
저 건너 슬픈 바닷가를 향한다.

류심流沁

- **본명** 백승훈 白承勳
- **출생** 1961년 부산 중구
- **거주** 서울 강북

○ 경력
- 1981 경원대학교에서 미술 전공
- 1987 (주)한호애니메이션 공채 입사
- 1995 (주)새롬애니메이션 감독
- 2007 가인디자인스퀘어 디자인실장
- 2014 고려사이버대학교에서 상담심리학 전공
- 2015 이뉴스투데이 취재기자
- 2018 대한문학세계 시 부문 신인상
- 2018 대한문학세계 등단
- 2018 국제문학 수필 부문 수상
- 2018 (사)창재문학예술인협의회 정회원
- 2018 대한문인협회 서울지회 정회원
- 2018 국제문학 정회원
- 2018 대한문학세계 취재기자
- 2019 현 시몽시인협회 회원

○ 공저
- 제10집 시몽시문학 '기다림' 외 6편(2013. 3)
- 제11집 시몽시문학 '울엄니' 외 6편(2013. 9)
- 제12집 시몽시문학 '겨울은' 외 7편(2014. 3)
- 제13집 시몽시문학 '우리딸' 외 6편(2014. 9)
- 제15집 시몽시문학 '빈자리' 외 6편(2018. 6)

류심 01
향기 나는 비

때도 모르고
겨울잠에 빠져 있는
벗나무의 뺨을
아지랑이 머금은 비가
토독토독 두드린다.

얼마나 깊이 잠들었는지
백두대간 등줄기를 타고
남은 송곳 바람이 몰려와도
시간 가는 줄 모르고
애기 주먹만 한 눈이
때늦게 온 산을 덮어도
세상모르고 잔다.

녀석들은 더 자고 싶은데
사람들은 벌써 플래카드에
저희 잔칫날 날짜까지 박아 넣고
동네방네 소문을 뿌린다.
그래도 이제 그만 일어나렴.
향기 나는 비가 온단다.

그 여름의 그늘

그것은
빛이었다.

눈을 감으면
뽀얗게 아롱지며
부서져 내렸다.

촘촘히 박히는
입자들 위로
이슬처럼 내려앉던.

들여다보고 있노라면
어둠보다
더 짙은 것.

그것은 여름의
그늘이었다.

류심 03
지하철 풍경

늙으나 젊으나
사람들은 목청껏 소리를 낸다.
혼자든 둘이든 남녀노소 할 것 없이
억양이 거센 외국 노무자들까지도

전화하는 20대 여자도
자기 개인사를
칸에 타 있는 모든 사람에게
낱낱이 떠들어댄다.

손안에 세상이 있다 보니
사람들은 앉으나 서나
손바닥만 쳐다본다.
귀에 꽂거나 얼굴을 파묻어 버린다.

임산부 자리에는
젊은 남자가 눈감고 기대어 있고
다리 꼰 아주머니들은 깔깔대고
봉 붙잡은 할머니는 힘겹게 서 있다.

사람들은 자기가 참 소중한가 보다.
그런데도 하나같이
딱딱하고 쓸쓸한 표정으로
혼자만의 똬리에 단단히 싸여 있다.

류심 04
온종일 비

묵직한 막바지 가을비가
새벽의 어둠을
촘촘히 뚫는다.

내 친구는 어제의 피로가
말끔히 걷히기도 전인데
우산을 푹 덮어쓰고
새벽 속으로 발을 옮긴다.

비와 함께 조용히 웅크려
친구를 기다리던 버스
녀석은 헛기침을 몇 번 두르고
빗속을 헤치며 하루를 연다.

라디오에서
익숙한 목소리가 말한다.
온종일 비.

류심 05
사는 게 그런가 봐

겨우내
잔뜩 웅크리고 있다가
찬바람 지나가고
몸이 녹기 시작해야
간신히 허리 펴는 거.

지그시 스며드는 햇살에
메마른 깍지 풀고
겨우 한숨 돌리다가
고개 들어
하늘 보는 거.

우여곡절 끝에
물 한줄기 끓어 올려
봉우리마다 새 창을 내고는
색깔로 장식하고
지나는 바람 담아 향기 품는 거.

사는 게 다 그런가 봐.

류심 06
잠자는 바람

여느 해 같지 않았다.
매번 느끼는 어색함
달려온 거리만으로도
이미 할 도리는 다했지만
가만히 있지 못하는 성격이라
기다리는 마음이 못내 불안하다.

누구라도 불러준다면

스스로 움직이기 전에
들꽃 한 송이, 바람 한 줌으로라도
간절한 희망을 피워 올려야 한다.
바라는 것 없이
홀쩍 떠날 준비는
벌써 끝나 있다.

여름을 기다리는 하늘

대지는 서둘러 익어가고
속옷까지 벗겨내고 있는데
어디선가 달려온 바람은
햇살마저 따라잡을 기세다.

저 멀리 나타났나 싶더니
20층 아파트 꼭대기도 훌쩍 넘어
눈으로 쫓기에도 버거울 만큼
쏜살같이 사라져 간다.

어찌나 빠르게 훑고 갔는지
드러난 팔뚝에 소름이
꼭 두 봄보리 새싹처럼
돋았다 사라지기도 전이다.

허리를 쭈욱 펴다가
두 키보다 높은 축대 위로 자라 있는
이름 모를 잡초 너머에
여름을 기다리는 하늘이 있었다.

류심 08
새벽

가장 깊은 어둠 안에서
밝은 봉오리가
묵묵히 웅크리고 있다.
모든 시간이 경배하고
지친 영혼들조차
안식에서 깨어난다.

생명이 제각각
호흡을 가다듬고
때로는 바람도 숨을 죽인다.
계절들도 순응하고
모든 개체의 입자들이
새로운 다짐으로 일어선다.

세상과 시인

세상을 이루는 건
빛과 물과 바람

모두 품고 삭여서
새로운 생명을 잉태하는 건 시인

사랑이 죽으면
사라지는 건 세상

시인이 죽으면
남는 건 깊은 어둠.

류심 10
떨어지는 별들

서둘러 덜컥
해 떨어지고
날 세워
바짝 따르던 바람조차
산자락을 돌아
벼랑에 걸려 곤두박질치자
내 가슴에는
시리도록 푸른 별들이
끝도 없이 떨어져 내렸습니다.
어머니
아버지
보고 싶은 친구
그리운 사람들.

백암 白巖

○ **본명** 권동기 權東基
○ **필명** 남휘擊輝 · 초농草農
○ **출생** 1962년 경북 영덕
○ **거주** 본향
○ **경력**
- 서울 · 대구, 신문 · 문예 · 출판사 편집장
- 대구, 동기출판사 · 월간 다복솔 발행인 및 편집인
○ **현재**
- 주농야시 晝農夜詩 中
- 시몽시문학 발행인 및 편집인
- 시몽시인협회 회장
○ **메일** kchonong@hanmail.net

○ **저서**
- 제01시집 고독한 마음에 비내리고(125편.1994)
- 제02시집 빗물속에 흐르는 여탐꾼(125편.1996)
- 제03시집 고뇌에 사무친 강물이여(125편.1997)
- 제04시집 들녘위에 떠오른 그림자(125편.1998)
- 제05시집 고향은 늘푸른 땅일레라(125편.1999)
- 제06시집 땀방울로 맺어진 사랑아(125편.2000)
- 제07시집 토담에 멍울진 호박넝쿨(125편.2001)
- 제08시집 농작로에 웃음이 있다면(125편.2002)
- 제09시집 눈물로 얼룩진 들녘에는(125편.2003)
- 제10시집 함박꽃이 시들은 전원에(100편.2005)
- 제11시집 산하는 무언의 메아리다(100편.2006)
- 제12시집 그리움이 꽃피는 산천에(100편.2007)
- 제13시집 노을빛 사랑이 피어나는(100편.2008)

백암 01

중년의 골목길

그 자리에는
색동옷 주름이 낡아진 채
추억의 흔적으로 남았는데

그 자리에는
빠알간 입술을 녹인 풀잎들이
산천을 불태우고 있는데

그대는
중년의 골목길을 걷는 지금도
실없는 미소를 감출 수 없나 보오.

백암 02

입지立志

유리알 같은 사람아
사랑의 짐을 지고서
자연속의 미를 보라
연둣빛은 더욱 짙어
향기는 무궁 하리라

하늘같은 이 사람아
필묵의 향기를 맡고
당찬걸음 넋을 보라
풍상에도 잃지 않는
입지는 영롱 하리라

참회의 눈물

부친의 엄격함에 존경을 알았고
모친의 자상함에 사랑을 알았네

재물보다 값진 부모의 사랑앞에
불미한 흔적을 남기지 말아야지

원망없는 기쁨속에 효도를 안고
유달리 아름다운 길을 걸어야지

유수한 세월막아 주름을 없애고
필경 고통스런 삶인들 웃어야지

유리알처럼 희맑은 다짐을 해도
방울방울 참회의 눈물은 덧없네

인생人生

빈손으로 왔다가 빈손으로 가는
객손에 지나지 않는 우리인생은
불가사의한 행복도 다 못누리고
내막속의 한순간 멋진 시간앞에
문지르고 밟아뭉게는 짓은 말자

호떡집에 불난듯한 허무의 삶은
속세의 흔적일뿐 고운맘을 열자

시간은 물같아서 잡을수가 없고
서먹한 세월을 알차게 엮어가며
무수한 즐거움을 서로 나누면서
교활적인 풍해들을 떨쳐 버린채
자손만대 행복을 북돋우며 살자

손때묻은 그 시간들을 간직하며
우습게 허식하다 늙어죽진 말자

터줏대감

님은
돌부처처럼 앉아
기나긴 바람이 불어도
세월의 여정을 즐기고 있었다.

님은
쓰라린 고통도
뼈아픈 눈물도
속옷을 유린하며 미소의 꽃을 심고 있었다.

계절이 낙엽으로 떨어지고
차디찬 폭설이 덮쳐도
사랑을 태우던 그 자리에서
운우의 껫잎을 벗기고 있었다 님은

언제나.

백암 06
낙엽의 여정

추억을 닮은 듯
초췌한 얼굴빛 사이로
모래알로 흩어지듯
눈물방울 하나하나에
그리움으로 무너져내린
억장들

비바람이 아니더라도
속울음을 삼키며
덧없이 창공을 날다 토담에 앉은
푸르다 지친 곡물처럼 주름으로 붉게 엉킨
저편의 세계를 갈망하다 쓰러진
무언들

봄노래에
푸른 꿈을 주던
땀방울을 녹여
넋을 주던
그 웅대한 모습을 감추고
떠난

그리운 님아.

님아

춘풍 불면
님이 올까

삶의 둥지
삭풍 부네

사랑 찾아
님아 올까

인생 깃털
서리 앉네

새날의 여명

잔잔한 가슴을 열고
인류가 기도하는 저 늘 푸른 지상으로
거대한 핏덩어리를 곰삭히며
심야의 배앓이로 태초의 생명을 일궈 낸
우주의 장막은 은하의 꽃망울을 터뜨리고 있다.

어둡던 광야에 솟구친 향연을 풀숲에 묻고
천년의 맥박이 쉴 새 없이 울려 퍼지는
새날의 여명을 벅차게 추스르며
닫힌 마음을 실타래 풀어 헤치듯
미지의 대로를 향해 찬란한 혼불을 지피고 있다.

허전한 밤하늘

경적이 멎는
밤하늘에
우두커니 흰 채 서성이는
별들의 무도회

모시 적삼에
홍건한 희열이 짜일 듯
지구로 떨어지는
홍분의 눈물.

밤길 따라

고요의 산자락을 타고
희미하게 와 닿는
자연의 울음소리

치유하지 않았던
늘 푸른 길목을 헤쳐
긴 여정을 넘는다.

즐겨 불렀던 노래를
쉴 새 없이 토해내며
하루의 끝을 잡으면

갇혔던 시련이 사라지고
묻혔던 추억이 되살아나
미지의 삶이 한껏 부풀어 오른다.

비원斐園

- o **본명** 김영란 金英蘭
- o **출생** 1962년 서울 강남
- o **거주** 인천 동구
- o **경력** 예문학 시 등단(2004)
- o **현재**
- - 연수문학회 회원
- - 시몽시인협회 회원

- o **저서**
- - 제1시집　연서(2004)
- - 제1수필집 숲속연가(2008)

- o **공저**
- - 연수문학 '그렇지' 외 다수(2010)
- - 제01집　시몽시문학 '선녀' 외 5편(2008.9)
- - 제05집　시몽시문학 '매화' 외 4편(2010.9)

비원 01

흘러 흘러 어디로 가는가

안개가 자욱하고
봄 내음이 살풋이 피어오르니
마음 둘 곳 정처 없다.

그리 흘러 흘러
구불구불
바람 따라
사방으로 흩어지는구나.

아련히
간절하게
무언의 기도가 깊어진다.

머리는 하늘을 향해 있건만
천만근처럼 무겁고
두 다리는 땅속을 파고드는 듯

그리 하염없이 흐르고 있다
물처럼
공기처럼
흩어지고 있다.

마음은 천애 고도의
높다란 절벽을 거닐고
눈은 흐르는 물속에 있다.

비원 02
일탈

얼굴을 들어 하늘을 본다.
검은 구름이 앉아
붉은 태양이 날름거리다
혀를 깨물었나 보다.

따가운 햇살이 점차 누그러진다
붉디붉은 해님의 일탈이다.

비원 03
한겨울의 눈물을 걷어내고 있다

단단한 껍데기를 열어
새싹을 틔우고
한겨울 위 눈물을 걷어내고
삭막하고 메마른 가슴에
샘을 놓는다.

기적이다.
지난겨울을 살아냈으니
나날들을 향긋함으로 하여
더없는 기쁨으로 누려야 한다.

비원 04
낮 더위

끈적임이 바람을 타고
풀럭풀럭 날아들고 있다.

땀방울이 머리에서
가슴골을 타고 흐르니

폴폴
소금기가 나풀거린다.

이 여름
또 하나의 시간이 지나가는 것을

불끈
해님이 튼튼한 품에
거두어지고 말았다.

비천한 여름나기

시커먼 구름이 몰아치니
폭우다.

천둥 번개가 요란스럽게
울음을 토해내니
천지가 물바다

땀방울이 모여
등골을 타고 흐르며

발가락 사이로
빠져나가는 빗물로
잠시 숨을 고른다.

여전한 긴 여름나기
아직도 먼 가을을
가물거리는 눈으로 기다린다.

긴 시간 속에 앉아

바람이 가슴에 내리워진 불을 끄고
창가에 떨어지는 비는
흩어져 수만 개의 물보라가 되고
성큼 다가온 듯 갈잎의 향기가
시간 속을 걷게 한다.

어제와 같았던 오늘이 그리고 내일이
긴 시간여행을 하려 한다.
맛있는 공기가
빼어난 풍경이 하루하루 익어가고
여전한 일상들을 만들며
긴 시간을 반추하고
마음으로 가슴으로 나누고 있다.

오늘
긴 시간을.

누군가 신이 있다면 살려주세요

과연 신이라는 것이 존재하는 것일까요?
마음이 아픈 사람에게
토닥여줄 수 있는 그런

마음이 외로운 것
가슴이 시린 것
사람에게 따뜻함을 느낄 수 있는 것

누군가
신이 있다면
몸이 아픈 것이 아닌
마음이 허하고 외로움을
채워주지 않을까요?

남들은
우연을 가장한 것들이
다가온다는데
진정 그런 것이 있을까요?

그런 것이 있다면
두 눈을 열고
가슴을 열고 받아보렵니다.

인연

어느 곳에서
어느 장소에서
알 수 없는 그 어떤 힘으로
거역할 수 없이
이루어지는가 보다.

살아가며
늘 그런 인연을 기다리고
살아가며 애태워 하는 것
인연
사는 동안 가슴속 깊은 곳
그런 인연 하나 심어놓고 싶다.

아마도
그런 인연 있겠지.

햇살에 버무려진 하루

창밖
햇살이 부서져 내려

초록 잎들에게
밝음으로 손을 내밀고

흩어지는 꽃잎들 사이
바람으로 버무려진다.

곱다.
찬란하다.

모든 것이 분홍으로 물들고
노랑으로 너울진다.

잠시 잠깐
머물다가는 자리
초록 잎들이 자리하리다.

비원 10
나는

가슴속 사막이 나에게 묻는다.
이 세월을 혼자 갈 수 있냐고
난 대답할 수가 없다.
난 혼자 사는 것이 너무 힘겹기에

모래바람이 인다.
무시무시한 겨울의 칼바람에
내려앉은 눈발에 난
베이는 상처가 남았다.

두려움이 무섭게 앞을 가리고
돌아볼 수 없는 안타까움에
울어버리고 싶다
삶이란
누구도 대신할 수 없는 것이란 걸.

송야松也

- ○ **본명** 김효정 金孝貞
- ○ **출생** 1962년 경기 여주
- ○ **거주** 경기 이천
- ○ **현재** 시몽시인협회 회원

- ○ **공저**
- - 제15집 시몽시문학 '하늘' 외 9편(2018.6)

희망의 찬가

내가 흘린 발자국
그림자는 날 기억할까

기도 속에
안아주는 기쁨

존재감의 이유에서
발견

나를 잊어버릴 때마다
함께 어울림의 표현

나의 노력 없이는
희망도 도망갈 테지만

믿음 소망 사랑만은
꼭 품고 싶다.

떡집 아즈매

눈 뜨면 불린 쌀이
윙크하네.

사람들이 맛볼 행복
솜씨를 빚느라 분주하고

보물단지와
꿀단지의

후회 없는 생을 위해
세상의 퍼즐을

감사로 나누며
채우고 싶다.

새롭게
만나는 인연마다

호연의 꿀맛을
함께 나누고 싶다.

봉사 가는 길

음악을 틀고
페달을 밟는다.

피아노의 협주곡은
환상적으로 흐르고

어느덧 마음에 새가 날아든 듯이
하염없이 춤을 춘다.

구불구불한 길을 달리는 옆 산엔
형형색색들이 어우러져

산자락은 더욱더
울긋불긋 자태를 드러내고

맑은 하늘가의 미소와
행복이 가득해진다.

송야 04

노래방

한 시간
두 시간
신청곡 뒤적여 예약하며
목청껏 불려본다

독창이라 할지라도
희로애락의 인생이 묻어난다.

왔다 갔다 하는 사람들의
메아리 또한 거슬릴 수도 있겠지만

실컷 부르고 나면
땀과 더불어 행복이 젖어 들어

몸과 마음이 가벼워지니
아무리 역경이 닥쳐도 비웃을 것 같다.

심장

육체의 사랑으로
서로에게 헌신하듯

매일 숨겨두고
먹고 싶을 만큼
그리움 담아

주는 사람도
받는 사람도
아름답다 말하네.

돌 속에
다이아몬드가
비치듯

꽃송이에서
보화가
느껴지듯

진심이 담긴
사랑은
절정에 이르네.

송야 06

홀로 피는 꽃

자생하듯
곱게 피어
감동시키고

눈곱만큼의 꽃으로도
웃음 짓는 그 자태에
그대로 녹아

머물고 간 자리
빛내기 위해
고운 마음 내려놓고

보고플 때
살며시 옛 모습
떠올려 본다.

사람의 마음

마음속에
진실과 신뢰
기쁨과 감사
위로와 사랑을 담고

현실 속에
거짓과 위선
실망과 눈물
증오와 불신을 뱉고

사람과 사람이 연결되어
관계의 띠를 두를 때
삶이 더 아름다워지리라.

송야 08
고운 단풍처럼

역경을 바로 세울 줄 아는
진리의 그릇은
보배보다 더 빛나고

슬로시티의 변화는
걸을 때마다
깊은 사랑을 느낄 수 있는
공간보다 더 시야가 넓고

꿈이 담긴 혼은
진정 고목나무의 멋을
가슴으로 담은 듯

저마다
멋스러움으로 인해
자부심을 품어 안고
묵묵히 걸어갈 뿐.

걸어가는 길

인연의 그림자 속
내가 흘린 발자국

손 내밀어

나의 손을 잡아주시고

두 눈 감고 기도할 때마다
인자하신 그 분은 날 안아주시며
함께하는 거라 하시네.

존재감의 이유 속에서 발견되는 건
나의 나 됨을 잊으니

나의 노력 없이는 희망도
도망친다네.

송야 10

가족

세상에 홀로가 아니라
사랑의 촛불처럼

서로 불꽃처럼 피어나는 꽃 되고
끊임없는 화합과 탄생을 이루며

울면 안아주고
웃으면 손뼉 쳐줄 수 있는 끈

삶에 대한 나와의 책임
힘의 원천이 되어주는 공간

겨울의 길목에서 어두움에 떨지 않고
따뜻한 호빵을 나누고 싶은 정

튼튼한 울타리 안에
어여쁜 알곡들의 합창 소리가

오늘도 변함없이
내 마음 가득 채워주네.

여산 如灿

- **필명** 호균 昊均
- **본명** 문서진 文瑞鎭
- **출생** 1962년 경남 창원
- **거주** 경남 밀양

○ **경력**
- 시사문단, 한맥문학 등단
- 손곡 이달 문학상 수상
- 한하운 문학상 수상
- 시사문단 100호 초대시인
- 선진문학작가협회 편집국장
- 쌍매당 이첨 학술연구회 위원
- 역사편찬위원 및 편집국장

○ **현재**
- 밀양문인협회
- 선진문학작가협회
- 지구촌영상문학
- 시몽시인협회

- 영동평화공원 시화전
- 예천 대심갤러리 시화초대전
- 소록도 중앙공원 시화전
- 포항 이나나 아트갤러리 시화선
- 고성 & 화이트 갤러리 시화전
- 전주 갤러리 시화전

비와 눈물

메마른 땅에
단비를 기다렸다는 말
이제는 하지 않을랜다.

온갖 묵은 쓰레기들
다 쓸어간 것은 좋으나
우리들의 옥토는 어찌하여
갈가리 찢어놓고 떠났나 싶어

끝나지 않은 역류의 강이
통곡할 눈물바다가 되어도
발길조차 디디기 힘든 심사
어디에다 하소연할까 싶어

적나라하게 펼쳐지는
누더기 인생사 모두가
황혼으로 넘어가게 되는 날
서쪽 하늘 붉은 노을 아래서
하늘의 위로나 기다릴까 싶네.

여산 02
갈대의 춤사위

가을바람이 불면
나도 당신처럼
사자후 토하고 싶고

가느다란 몸
바람에 맡겨 춤을 추듯
그렇게 늙어가고 싶다

어린 아기일 때는
뽀송뽀송 솜털 같더니
어느새 백설이 내렸구나.

혼자는 아니었으니
외롭지는 않았겠다만
질 때는 쓸쓸하겠으나
다시 만날 기약만은
하고 떠나겠구나.

가로등은 말이 없다

뉘 그리워
그리도 간절함을 담아
등불 밝히는 건가

만설의 고개를 넘어
홍매화 만발한
둘레길 한편에 서 있는
외로운 가로등은
언젠가 떠난 벗님
한없는 기다림으로
긴 밤 지새울 심사일세.

저 먼 오두막집
백구도 잠들고
삼라만상도 고요한데
그대 하나 만큼은
혹여 뉘라도 길 잃을까
무언의 주문을
읊조리고 있나 봐.

슬픈 기억들

수많은 날들에 짓밟혔던
비운의 세월이어서
말할 수 없을 만큼 소름 돋는
소록인 들의 몸부림처럼
소나무들조차도 뒤틀려버렸네

처절하리만치 형언 못할 세월조차
더는 바라볼 수 없었음을
만천하에 알리고 싶은 간절함에
저리 몸부림의 흔적으로
뚜렷하게 남겨 놓으셨나봐.

소낙비 내리면 흐르는 눈물을
빗물에 섞어 바다로 흘려보내도
그날의 원통함이 하늘에 사무쳐
울어도 우는 게 아니었겠네.

당신은 나처럼 나는 당신처럼
서로 정답게 마음을 나눠 가질
지고지순의 행복마저
완벽하게 유린당해 버린 탓에

혹독한 세월 속에 겪어야 할
고통의 날들을
미뤄 짐작만 하던 나그네는
그저 눈물만 흘릴 뿐이라네.

여산 05

돌매화

새벽녘의
차가운 바람조차도
너에게는 아무 상관 없었나봐

하얀 저고리에
수정구슬 곱게 엮어
오색 빛 화관을 쓰고 보니
그대가 바로
영락없는 천하미색일세

길손의 눈길을
붙잡는 너를 보고도
발길조차 돌리지 못하니
누군들 피해갈까 한다네.

천상화 天上花

밤새 이름 모를
당신만 내내 기다렸어요.

고운 그 모습이 아름다워
많이도 그리워했네요.

고개 들어
하늘만 우러러보는
당신이 너무 예뻐 보여요.

모두가 다 아는
그런 꽃송이보다
당신만 지니고 있는
천상의 꽃이라면 참 좋겠어요.

누군가는 당신을 더 많이
사랑하게 될지도 모르잖아요.

가슴에 묻은 님

초인의 이름으로 살다가
이름 석 자 남기고 떠난 님
임은 세상의 별들이었으나
지금은 당신의 사진 앞에 서서
눈물만 떨구노라.

그 어디에도 비길 수 없을
한없이 드높던 기상이
수평선 위에 가득하더니

하늘을 찌를 듯한
패기는 어디로 가고
바다 위에 눈물만 가득 채워놓고
말 없는 벙어리 되었는가.

미소 넘치는 사진을 끌어안고
슬픔에 잠긴 그들의 마음인들
누가 알아줄까마는
쉬이 지워지지 않을 상흔
언제쯤에나 사라질까.

춘정의 여행길

흐려진 기억 저 너머로
희미한 꽃구름 향기가
추억 한 아름 쌓아놓고
소리 없이 사라진다.

그렇게도 그리웠었나 했더니
매화 꽃망울 터트리는 해동기에
선잠에 고개 든 해맑은 초록 향기들이
수줍은 옷깃을 흔들고 있다

쥐죽은 듯

고요하게 얼어붙었던 삼라만상은
작은 하품에 실눈 뜨며
또 한 시절의 설렘을
바람의 눈물로 예감한다.

조약돌 인생

내 어미의 하루는
날마다 치열한
몸부림과도 같았습니다.

하지만 자식 앞에서의
내 어미의 모습은
항상 따스한 품속이었습니다.

내 어미의 밥상은
식은 찬밥을 처리하는
고독한 일상이었는데

그 서러운 발자취를
고독한 길손은
어느새 그 모습을 닮아갑니다

사라진 어미의 흔적은
오늘 이른 아침의
짙은 안개와도 같습니다.

여산 10
짝사랑

선잠에 실눈 뜬
이른 새벽 소슬바람은
뭐가 그리 급해
사푼사푼 날아와
매화 가지를 흔들어 유혹하는지

게으름 뒤척이는 동자승을
꾸짖는 댓바람은 매서운데
노승의 새벽 기침 소리에
애달프게 입술만 붉히고

가림의 봄소식 기다리다
버들가지 쏘삭거리는 움칫에
애꿎은 홍매화의 속내만 들킨다.

죽장竹杖

- **본명** 장병오 張炳午
- **출생** 1962년 광주 남구
- **거주** 경기 의정부
- **현재** 시몽시인협회 회원

개망초

들판에 널브러져
가녀린 바람에도
오픈한 가게 풍선마냥 몸을 흔들며
사람들의 눈길을 호소하네.
노란색 붉은색으로
탐스럽고 곱게 피어
담장 너머로 고개 내밀어
사람들 감탄과 칭찬받는 장미가 부러우랴
아스라이 농부 눈에 걸리면 잡초지만
약초꾼에 걸리면 귀한 몸값 얻을 수 있으니
희망을 가지려마.

죽장 02
호박

못생겨서일까
세상에 못생김의 대표주자
담장 넝쿨에 노란 꽃 예쁘게 피워도
들판의 개망초보다 못하니
무시만 당하는 노란 꽃 넝쿨에

노란 꽃 맺힐 땐 알 수가 없지만
덩어리로 맺힌다면 울퉁불퉁
할매 궁디 닮아서 늙은 호박

작은 검정색
달콤한 덩어리여서 단호박

어린 애기 마냥 피부도 모양새도
애기 궁디 같아 애호박이라

못생겼음 어떠랴
싱싱할 때든 말랭이든
언제나 우리 곁에 함께 하려무나.

안경

촌로의 허리춤에 숨겨진
돋보기안경은
세월의 흔적 안겨주고

어여쁜 여인네 얼굴의
금테 안경은
우아함을 뽐내며 앉아 있고

뿔테 금테
엉킨 앙금도
아픈 시련도

어린아이 얼굴에 앉은
도톰하고 동그란 넌
안쓰럽기 그지없네.

죽장 04
지팡이

참으로 고마운 너
누구에게나 다리가 돼주는 너
생명을 다할 때까지 그렇게 말없이
소임을 다하는 네가 부럽고 감사하구나

시각장애인들에겐
눈이 되어 안전을 지켜주고

울 엄니에겐
힘과 의지가 되어주고

등산객들에겐
안전도우미가 되어주고

김삿갓에겐 평생 말벗과
동반자가 되어주던 넌

누구의 손에 잡히느냐에 따라
큰 힘도 발휘하더구나

모세에게선
바다를 가르는 힘을

돌도사에게는
여러 가지 변화무쌍한 변신의 힘을

노신사에겐
멋쟁이로서의 품격을

하지만 놀고먹는
어느 빵집 앞 콧수염 영감님처럼
폼만 잡고 사는 사람도 있더라.

철없는 모기

철없는 모기 놈아
언제까지 날 괴롭힐 거냐

입추 처서 지난 지가 오랜데
주둥아리 여태껏 뻣뻣하니
언제나 철 따라 기죽을 거냐

내 팔뚝이 옹녀 궁디더냐
변강쇠 팔뚝마냥 사정없이 달려드는
네놈이 무섭구나.

하물며
오늘이 한로란다
철없는 모기 놈아.

볏짚

푸르른 초년 시절
오뉴월 뜨거운 태양 볕에
몸 태워 알곡 맺으며
폭풍우 견뎌내
고개 숙이면

논바닥에 널브러진 채
농부 손에 붙들려
배배 꼰 새끼줄로 변신하고
초가지붕에 눌러앉아
단란한 가정에 온기를
전하누나.

빗자루

온갖 더러운 쓰레기 치워낸 뒤
구석지에 처박히니 처량하기 그지없네.

만들어진 재료에 따라
수수비 대나무비 싸리비 각양각색이건만
청소기에 밀려나 볼 수가 없구나.

넓은 마당 두어 번 휘저으니
밝은 세상 만들어지고

온 세상눈으로 하얗게 덮일 때도
가을 낙엽 소복이 쌓일 때도
너와 함께 나서면 온 세상 깨끗이 변하는구나.

온갖 세상 시름 쌓인 내 마음
쓸어줄 빗자루는
어디에 있을까

침묵

두 입술을 굳게 다물고 있음이
침묵일까?

굳게 닫은 입술 속에 숨겨진 강한 눈빛으로
무언의 항변이어야 하고
무언의 저항이어야 하고
무언의 외침이어야 한다.

이러한 강력한 전달이 없으면
농아의 무언과 무엇이 다르랴

적시적절함 속의
묵시의 전달이어야 한다.

너무 길어도
너무 짧아도 안 되는
강력한 외침이고 아우성이어야 한다.

술

농군에겐 허기를 채워주고
슬픈 일엔 눈물을 닦아주고
기쁜 일엔 웃음을 더해주네.

사람도 개로 변신시키는
신기함도 갖고 있고

종류도 이름도 너무 많아
모두를 알 수도 없지만

매일매일 만나지만
최고의 대답은
과유불급過猶不及이라네.

죽장 10

스마트폰

온 가족이 저녁시간
밥상머리에 모여 앉아
도란도란 이야기꽃 피웠건만
모든 대화 단절되고
모두 자기 폰만 쳐다보네.

버스나 전철에서
노약자에게 자리 양보하던
우리의 미덕도 없어지고
폰만 쳐다보네.

모든 일도 빨라지고
정보도 쉽게 얻어
스마트폰의 시대지만

우리네 옛정도
아름다운 미덕도
스마트폰이
빼앗아가네.

천안泉安

- o **본명** 김영진 金永晋
- o **출생** 1962년 전남 목포
- o **거주** 충남 천안
- o **현재** 시몽시인협회 회원

- o **공저**
- - 제15집 시몽시문학 '사람' 외 9편(2018.6)

중년의 미소

삶의 계급장이
이마에 파인 그늘의 깊이라네

무화과꽃 닮은
인고의 피멍은
마음의 주름 뭉치라 부르고

늙을수록 망상은 쓸쓸하여
약속은 사라지는데

뒤의 시간을 당기는
중년의 미소가
성숙한 아름다움을 안다네

가엾은 교만

작은 먼지 알갱이 하나에
우주의 이치가 서렸다 하고

이치를 깨치면
중생의 죄업 소멸된다 하여

아등바등 해골 춤을 추는
절 마당에 흙먼지만 꽉 차올라

부처의 가피를 입은 양
하늘을 장엄하는가

천안 03
착한 사람

상실된 사랑의 선물처럼
어제를 보듬고 사정 말자

자기 말소의 길을
어슬렁거리던 참담한 몸짓이
오늘도 선명한 통점이지만

아직도 허물거리는 춤은
겉과 속이 다르니

순하게 흐르는 강물에
맑고, 환하게 씻어내어
착하게 생동하며 웃어 내자

천만다행입니다

고생 많은 아내여
내 짧은 배부름에 웃고
아름답게, 아프지 않길 서로 바라며

행복하고 사랑스런 음식들
언제나 손끝에 펼쳐진 화려함에

내장의 묵은 진흙물이
진흙덩이로 세상에 토해져도

눈빛 다르게 신나게 하고
하고픈 삶의 놀이 재밌다 하니

안심되고 기뻐서
천만다행입니다

부부

털끝 하나 차이로
천당과 지옥을 기웃거리는
오늘과 머언 전통적 부부가

맑은 물로 세월의 약을 먹고
귀 순하여 벼슬도 오르니

서로의 기쁨으로
우아한 홀로 여행을 응원하고

상큼한 그리움과 사랑 하나쯤
간직하는 시간 속 느긋함으로

날카로운 짧은 언행의 더께를
마주 잡은 순한 손으로 벗겨 내며
피안 너머 바라본다

이명

귓밥을 먹는 쇳소리가
사순을 넘겨도 쨍쨍하다

깊은 골 섬에 숨어
질긴 뇌의 숲을 뒤적이고

뼛골의 쓴 열매도
대충 씹어 삼킨다

칼의 울음소리는
찢고, 두 동강 낼 듯 예리하더니

갑자기
쇠꼬챙이 소리 무서웠는가

물 젖은 봄풀 숲에서
예쁜 꽃의 음악을 듣는다

손바닥

속 텅 빈 굵은 뼈로
가늘고 긴 하얀 못 박고자
구슬의 땀 쥐어짜도

천 개의 조각으로 흩어진
가슴팍은 제자리에 없고

이미 녹에게 먹히어
구석에서 죽은 호흡을 한다

주먹손으로는
할 일 없고, 활기 없어
손을 펴 심경 그리니

쏟아지는 별의별 씨앗들
바늘별 되어 손바닥을 뚫는다

천안 08
봄의 땅

봄을 기다리지 않는
철없는 무심한 돌 뒤에
철모를 썩은낭 앞에도
저렇듯 봄이 안기니
보이지 않는
스님의 빈 껍질은
어떤 생김으로
봄의 땅에
안착하려 하는가

얼굴

돌조각은
부처의 몸뚱이인데
얼굴은 어디 있는가

목 잘린 돌 몸뚱이
녹이 자기 몸 빨아 먹듯
소금기 없는 풍진에 먹혔을까

부처님들 오가는 길에
무거운 얼굴 올려놓고
염화미소 지으라 하는가

없는 얼굴은 없다고
의문의 자리를 비워뒀을까
여기선 알 도리가 없네

천안 10
고인돌

조용한 고인돌이
긴 세월은 어디 두고
찻길 옆 저어기 누웠나

스친 인연들 고속행이고
스치며 흔든 큰 몸뚱이 그냥 우습고

한없는 우매함 앞세워
소리 없고
귀 없는 여기서

시커먼 바윗덩어리 실어 갈
법륜의 마차를 마중하는가

너, 고 인 돌아
목적지는 알고 기다리느냐

춘곡 春谷

- ㅇ **별명** 향풍 鄕風
- ㅇ **필명** 철마 鐵馬
- ㅇ **본명** 김광섭 金光燮
- ㅇ **출생** 1962년 충남 청양
- ㅇ **거주** 충남 공주
- ㅇ **현재** 시몽시인협회 회원

ㅇ **저서**
- 제01시집 맑은 물이 고운 모래 사이로 흐르는(2008)

ㅇ **공저**
- 제01집 시몽시문학 '못다' 외 5편(2008.9)
- 제02집 시몽시문학 '낭띠' 외 6편(2009.3)
- 제03집 시몽시문학 '인생' 외 6편(2009.9)
- 제04집 시몽시문학 '금강' 외 4편(2010.3)
- 제08집 시몽시문학 '춘우' 외 6편(2012.3)
- 제09집 시몽시문학 '제민천' 외 6편(2012.9)
- 제10집 시몽시문학 '님의 길목' 외 6편(2013.3)
- 제11집 시몽시문학 '줄다리기' 외 6편(2013.9)
- 제12집 시몽시문학 '하늘에서…'외 6편(2014.3)
- 제13집 시몽시문학 '봄비…' 외 6편(2014.9)
- 제14집 시몽시문학 '그리움' 외 6편(2015.3)
- 제15집 시몽시문학 "내가 무엇하며 살꼬하니…" 외 9편(2018.6)

춘곡 01
한밤에 내리는 비

빗소리가 정겨워서
빗소리가 시원해서
잠 깨어 창문을 연다.

숲에서 들려오던 벌레 소리
뜰팡 밑에서 들려오는 벌레 소리
가을을 부르더니
여간 질긴가 이놈의 더위
끝내 안 간다고 버티더니
내리는 비의 호통에 꼬리를 내린다.

모처럼 에어컨 끄고
밤에 차 한 잔 여유를 즐길 때
구름 속에선 동이 트는지 은행나무에 까치가 짖는다.

춘곡 02
악동마냥 잔뜩 찌푸리고 있네요

하늘이 심통 난 악동마냥 잔뜩 찌푸리고 있네요.
무애 그리 부애가 났는지 금방이라도 울 것 같습니다.
나 고추 심으러 밭에 가야 하는데
밭에 가면 이놈이 심술부릴 것 같아서 참 걱정이네요
밭에 가잠도 아니고 안 가잠도 아니고
내 발을 집에 묶어놨네요
가만있자 집에 무엇이 있더라.
아항~
쪽파가 있군요.
파전에 탁배기 한 사발 하고 낮잠이나 자렵니다.
그러면 악동 같은 하늘이 약 오르겠지요
그래서 소나기 한 줄금 또 기대해 봅니다.
핫~ 하하하하
내가 이겼다.

벗들이 왔다

아직은 찬바람 불어 옷깃을 여미는데
공산성 양지바른 곳에서는
개불알꽃이 노래하네.
먼 길 마다 않고
못난 이 보겠다고 찾아와준 벗들 있었네.
상다리가 부러져야 '대접 잘하였다' 할 터인 걸
소찬을 대접하여 마음이 서운타
아직은 겨울이라 짧은 해거름
아쉬움을 뒤로하고 벗을 보내노라니
헤어짐이 못내 서럽다.

춘곡 04

먼 길

벗을 만나고저
먼 길 떠나려
새벽부터 분주하다
수염 깎고 머리 감고 고대하며
콧노래 부르는데
옆에서 지켜보는 마누라 재촉하는 말
너는 좋겠다.
그래서 오늘 중으로 갔다 오겠냐?

여보 마누라!
무에 그리 급하단 말이요
일찍 가면 어떠하고
늦게 가면 어떠하오.
둘이 만나 탁배기 한 사발 마주하면
오늘이 다 내 것인 것을.

인생의 가을

동가숙도 해보고
서가식도 해봤다
유유자적하고
주유천하 해봤다
인생 살면서
좋을 때도 있었지만
어렵고 힘들 때도 많았다.

이사도 다니고
직장도 옮기고
돈 때문에 가슴도 졸였다.
자식 때문에 속도 썩었다.
질병에 아픔도 있었다.

인생의 가을에서
떨어지는 낙엽 하나 주워들고
뒤돌아보니
모두 그리운 추억이다.

춘곡 06
세월은

하늘엔 구름이 각양 모양들을 만들었다
또 스러지더니 구름 한 점 없는 무더운 여름이다.

세월은
어린이도 만들었다가
청년도 만들었다가
늙은이도 만들었다가
사업가도 만들었다가
교수도 만들었다가
자동차 타고 유유자적 주유천하 하는 나를 만들었다가
부하게도 했다가
비천하게도 했다가

며칠 후엔
병상에 누워 있는 나를 만들었다가
캔버스를 치워 그림 없애듯
죽음이라는 방법으로
이 세상에 나의 흔적을 다 지워버리겠지.
빈 하늘엔 구름 지나간 흔적 없고
세상엔 내가 살다간 흔적 없고
누군가의 기억 속에만 남아 있으려나.

이슬에게

언제부터인가 내 몸이 이슬 양을 거부하고 있네.
내 몸이 많이 망가졌는가 보오
내 인생의 낙
이슬 양을 품에 앉고 세상을 노래하는 거였는데
내가 심심할 때
내가 기쁠 때
내가 슬픈 때
그리고 내 잠자리를 지켜주었는데

그러함에도
이슬 양은 나를 원망하지 않음을 내가 아오.
그는 내게 즐거움을 많이 주었고
날 끔찍이도 좋아하고 있음이오.
친구가 날 버려도 내가 친구를 떠날 때도
이슬 양은 언제나 내 곁에 늘 함께 있어 주었소
이제 와서 내 몸이 이슬 양을 거부함은
내 맘이 아니라
내 몸의 약함이니
이슬 양이 이해하시구려.

함박눈이 내리는 밤

먼발치 가로등 불빛에 비친 새하얀님
바람 따라 하늘하늘 발레녀인가
시골 나무꾼 찾아 내려온 오동통 살진 선녀인가
길가는 내 품에 파고들어 푹 안긴다.
아직 갈 길은 먼데 달갑지 않았다.
조심스레 하얀님 밀쳐낸다.
내 얼굴엔 이미 님의 눈물로 흥건하다.

벼르다가 날 찾아와준 님이기에
고운 자태에 급한 마음 내려놓고
잠시 님을 받아들인다.
참 포근한 님이다.
참 행복하다.
길고양이 한 마리가 발자국을 낸다.

고양이

찬바람에 옷깃 여며
안팎 눈 설거지 하는데
한 무리의 고양이가 지나가며
애석한 눈으로 바라본다.
쓰레기봉투 뜯지 말라고
봉투 내어놓을 때마다
맛난 먹이 해서 주었더니.

푹신한 방석 버린다고 벼르기만 하다가
마당 귀퉁이에 방치한 것이
내 집이 제집인 줄 알았나 보다.
눈 설거지한다고 먹이 주던 그릇과 방석들
쓰레기봉투에 담아 내어놓았다.

가을바람 지나간 자리

횡~
가을바람 지나간 자리
별빛 몇 개 초롱해도
황량한 바람만 부는 빈 하늘
가을 되어 낙엽이 지면
허전한 빈 들판

지천명을 살았어도
남은 것 하나 없어라
내게 있는 것은 내 것 아니요
다 빌려온 것일세.

가을 하늘에 바람 지나가도
남는 것 없는 것처럼
내 인생에 세월 지나가도
남은 것 하나 없다네.
나도 내 것 아닌데
무엇이 남아 있으려고.

함초 函草

o **본명** 신옥심 申玉心
o **출생** 1961년 전남 목포
o **거주** 서울 성동
o **현재** 시몽시인협회 재무위원장

o **공저**
- 제01집 서향시문학 '목련' 외 5편(2016.3)
- 제04집 시몽시문학 '친구란' 외 4편(2010.3)
- 제05집 시몽시문학 '그대의' 외 4편(2010.9)
- 제06집 시몽시문학 '불나비' 외 6편(2011.3)
- 제07집 시몽시문학 '그리움' 외 6편(2011.9)
- 제08집 시몽시문학 '무궁화' 외 6편(2012.3)
- 제09집 시몽시문학 '사랑핀' 외 6편(2012.9)
- 제10집 시몽시문학 '다가와' 외 6편(2013.3)
- 제11집 시몽시문학 '사랑은' 외 6편(2013.9)
- 제12집 시몽시문학 '아침은' 외 7편(2014.9)
- 제13집 시몽시문학 '마음에' 외 6편(2015.3)
- 제15집 시몽시문학 '설화는' 외 9편(2018.6)

함초 01

터져 버리는 봄

눈꽃 지고
겨울이 내지른
혹한 끝에

놀러 나온 햇살
연신 쪼아대는
산맥의 발자국마다
수척한 몸을 푸는 나무들

앙상했던 풍경에
연둣빛 산통으로
한세상 초록을 노래하며

천 년을 그리는
그대의 발자국.

함초 02

할미꽃

잿빛 드리워
내리는 빗방울에
가슴 적시며

수줍은 듯 솜털 두르고
고개 숙인 채
외롭게 피어난 당신

한 맺힌 넋두리에
옹어리진 심장은
휜 등뼈를 타고

보랏빛 세상 향해
물오른 인생 향해
또다시 춤을 추네.

봄비

그대
가지런히 내린 고운 입맞춤
온몸으로 전율이 흐른다.

잠자던 뇌세포 건드리며
절망하던 미소에 먹구름 채워

후두둑
탄성으로 먹을 감고
눈 뜨는 나무

비틀어진
칡넝쿨 앙금 풀어
혼탁한 혈관 간지럽히며
맑은 물빛 따라 화음이 감미롭다.

함초 04
심장의 노래

소낙비 뿌리고 간 밤
작은 함성 거대한 물결 토하며
휘어진 강줄기 따라 흐르고

칼바람
아랑곳없이
산천을 넘나들며
풍경의 사색에 허기져
비통한 가슴 드러내니

마디마디
뿌리 적시며
애간장 다 태워도
게으름 피우지 않을
거친 숨소리.

함초 05
태양

땅과 바다를 일으켜
메마른 탄성이 시작될 때

들판을 포옹하며
산허리 휘감아 도는 바람

수분 없는 음지를 토닥이며
양분의 꿈을 수놓으니

해가 떠난 그 자리에
별빛이 살포시 고인다.

아름다운 강산

방방곡곡
율동의 빛
계절

목마른 봄볕
타는 숨통
풀어

꽃길에 핀
사랑 따다
술잔에 채우며

소리 없는 함성
햇볕으로 광내며

강산의 풍경 따라
행복의 꿈이
익어간다.

복수초

가을을 떨어낸 그 자리
언 땅 껴안은
잔설의 꽃잎들이
켜켜이 비집는 모습이 아프다

밤새도록 떨치지 못한 그리움을
햇빛 비치는 낮에만 꽃잎을 여는
가장 아픈 꽃

눈발 속에서도
온몸을 오그렸다가
다시 펴면서 굳은 마음 녹이듯
이 땅에 복음을 말없이 전해주네.

내 마음의 숲

한 잎을 읽으면
꽃송이 되고

열 잎을 읽으면
꽃밭이 되니

날마다
읽다 보면

내 안의 꽃
천지를 수놓고

읽을수록
깊어가는 그리움

지독한 향기 되어
희망으로 승화하네.

노숙자

삶의 먼지
암흑에서 전해져
추한 모습으로 중독되어
널브러진 지하철 입구

자라처럼 움츠려
얇은 신문지 한 장을
온몸에 에워싸고
기댈 곳 없는 바람에 졸고 있다

오그라든 꿈은
거미줄 집에 던져두고
동전 한 닢
쓴 소주 한잔에 세월만 축내는 그들에게

좌절의 담 허물고
따뜻한 삶을 적실 수 있는 봄날처럼
다시 찬란한 여명의 불꽃이 피어나길
흐르는 강물을 보듬어 본다.

함초 10
준비 없는 이별

톡
떨어진 별빛 하나

넌
긴 어둠으로 몸을 싣고
어느 간이역에 내렸을까

준비 없는 이별 앞에
녹슬 줄 모르는 슬픔은
그냥 지나간 바람이 아니구나.

난 동그랗게 남아
너의 빈 목소리
너의 술잔 앞에
고개 숙여 눈물을 흘리는데

긴 잠에서 깨어나지 않는 넌
이젠 살아생전 추억만 남았구나.

혜민惠珉

o **본명** 우종준 禹鐘浚
o **출생** 1962년 충북 충주
o **거주** 본향
o **경력**
- 월간 문학바탕 시 부문 등단
- 한국이삭문학회 문학상 수상
o **현재**
- 이삭문학회(충주 문학관) 운영위원
- 시몽시인협회 편집위원장
o **메일** wjj0206@hanmail.net

o **공저**
- 제01집 시몽시문학 '사랑해' 외 5편(2008.9)
- 제02집 시몽시문학 '마음에' 외 6편(2009.3)
- 제03집 시몽시문학 '어미의' 외 5편(2009.9)
- 제04집 시몽시문학 '갈무리' 외 4편(2010.3)
- 제05집 시몽시문학 '봄햇살' 외 4편(2010.9)
- 제06집 시몽시문학 '고독한' 외 6편(2011.3)
- 제07집 시몽시문학 '중년의' 외 6편(2011.9)
- 제08집 시몽시문학 '창밖에' 외 6편(2012.3)
- 제09집 시몽시문학 '새벽에' 외 6편(2012.9)
- 제10집 시몽시문학 '새벽길' 외 6편(2013.3)
- 제11집 시몽시문학 '봄날에' 외 6편(2013.9)
- 제12집 시몽시문학 '해맞이' 외 6편(2014.3)
- 제13집 시몽시문학 '여름한' 외 6편(2014.9)
- 제14집 시몽시문학 '잠들지' 외 6편(2015.3)
- 제15집 시몽시문학 '수대화' 외 9편(2018.6)

새벽 찬비

새벽 깨우는 겨울비
타닥타닥 창문 두드리니
성화에 못 이기는 척 일어납니다

베란다 난간에 가지런히
빗방울 대롱대롱 수정구슬
피아노 건반 누르듯 아롱집니다

저 멀리 가을 단풍 한껏
품고 있던 나무들 이젠 앙상한 가지만
뿌리 깊게 내려 월동준비 합니다

거리엔 색깔 우산 앞 다투어
바쁘게 움직이는 모습 차 도로에는

씽씽 달리는 삶의 역동입니다

혜민 02
그대는 봄

살랑살랑 봄바람에
실어 오는 그대는 꽃잎

뒷들에 피어난
노란 민들레꽃

초록 잎사귀에 묻혀서 핀
별꽃의 앙증맞음에

오늘은 온통 봄에
마음을 맡겨 봅니다.

친구

뜨락 비추는
봄 햇살처럼

따뜻하고
편안한 친구

늘 웃음꽃 피워
주위를 화사하게

가꾸어가는
멋진 친구

그녀가

내 친구라서
참 좋다.

생활 속에 피는 꽃

무리 지어 재잘거리는 행복의 소리
잡다한 이야기들 속
웃음꽃은 만발하고
잠시 잠깐의 힘든 삶 뒤로 재치고
소박한 생활의 터전은 인꽃으로
활짝 피어난다.

지극히 평범한 삶
저 위보다는 아래쪽이 더 가까운
저속한 생활의 터전이지만
그 속에서도 희망은 피어나고
생동감으로 살아 꿈틀거린다.

비워진 자리

텅 빈 마음 오색 빛으로
채워지는 날

보이지 않았던
순간순간을 짓눌렀던
무거운 그늘

이제는 퇴색되어
저 먼 나라가 된 마음

빈집 털어내고
말끔히 새로 단장하니

신의 축복 깃들어오네

혜민 06
그냥

화려함으로 다가온
사진 속 가을

그냥 바라만 보고 있어도
그 무엇 하지 않아도

마음 충분히 흔들어
유혹하니

아름다운 매력 속으로
빠져드네

일기

블라인드 사이로
살짝 보이는 하늘
미세먼지로 뿌옇다

아침이
살짝
보인다

사치

늘 그렇듯 내게
사랑은 사치고
욕심이다

그리움 저 멀리
아른거리는 아지랑이
잡을 수 없는 공허한 사랑

내 복이려니
잠간 한눈팔면
달아나 버린다

떠나는 가을

안개 자욱한 아침
가을이 바닥에 떨어져
거리 뒹구는 마음

빨간 마음
노란 마음
갈색으로 물든 마음

비바람 흔들어
우수수 가을 떨어져
허한 마음

공원 빈 위자
낙엽 사뿐 내려앉아
떠나는 아쉬운 마음

화려하게 치장하고
곳곳을 술래하며
겨울 기다리는 마음

바람이 지나는 곳

바람 따라다녔더니
세월이 훅~

어느새 이렇게 멀리 왔는지
뒤돌아볼 여유도 없이

지금 순간도 떠도는 영혼처럼
자리 잡지 못하고 바람으로 살고 있네

잠시 쉬어 가려는 이곳
방랑의 쉼터

궁핍한 삶
바람으로 흐르나니

혜안 慧眼

- **본명** 김미애 金美愛
- **출생** 1967년 서울 강서
- **거주** 인천 계산
- **경력**
- 제1회 낙동강 시 문학상
- 대구신문 '좋은 시'를 찾아
- 2010. 4. 21 「사랑하는 님」
- 2010. 7. 30 「상사」 등재
- **현재**
- 한국시민문학협회 정회원
- 낙동강문학 창간호 동인
- 시몽시인협회 기획위원장

- **공저**
- 제06집 시몽시문학 '추억의 노래' 외 6편(2011.3)
- 제07집 시몽시문학 '천년의 침묵' 외 6편(2011.9)
- 제08집 시몽시문학 '작은 음악회' 외 6편(2012.3)
- 제09집 시몽시문학 '흐림뒤 맑음' 외 6편(2012.9)
- 제11집 시몽시문학 '비가 내리면' 외 6편(2013.9)
- 제12집 시몽시문학 '비와 그리움' 외 7편(2014.3)
- 제13집 시몽시문학 '나만 몰랐네' 외 6편(2014.9)
- 제15집 시몽시문학 '터전의 향기' 외 9편(2018.6)

눈물

마음의 눈물이
흘러내릴 때

창밖에도 빗방울이
벗인 양 쏟아지고 말테지요.

그리움은 쌓이면
쌓일수록 상흔을 낳게 합니다.
하늘이시여!

빗방울을 멎어주오.
내 눈시울을 말려주오.

무정 無情

간밤
구름 사이 숨은 달은
부끄러워 함박웃음 짓고

님 그리워
여명 재촉해도
반가울 이 없으니
세상사 무정無情하다.

허공의 한숨 울려
눈감은 여심余心

무심한
세상이라 할지라도

걸어가야 할
그 길에는

늘
향기가 피어나리라는 믿음

오늘도
힘겹지만
풍성한 삶을 수놓아 봅니다.

가을 1

한가한 시간이 찾아올 때마다
지나간 날들이 떠오른다.

딱히
꺼낸 것도, 그리운 것도 아닌 일들이,
까맣게 잊고 지내던 어떤 날의 기억들이
공기에 묻어 주위를 맴도는 가을

단풍이 나뭇잎에만 물드는 건
아닐 것이다.

사람 마음에도 스미고 번지는,
주머니에서 만지작거리어
소중해지는 추억으로 물들인다.

가을은
때리는 사람도 없는데
앓는 사람이 많은 계절이다.

심술

강렬히 내리는
햇살 아래

빨간 통에
질근질근 밟히며
물고문을 견뎌내고 있다.

어제
세탁기로 말끔히
씻어내었건만

갓 마른 내 형체를
다시 뭉개고 있는 이유

묵묵히
참아내고 있는 속을
씻어내고 싶음인지
첨벙거리며 튀는 물의
하소연 요란해지고

수돗물인지, 바닷물인지
똑똑 떨어지는 무엇이
심술을 녹이는 중인가 보다.

몽중한 夢中閑

하늘거리는
코스모스 연정

천상에서 머문 듯
찬란한 너에 들판을 거닐어
사랑도 웃음도 가슴 한편에
새겨 놓았더니

한 철 꿈이었나봐
햇살 드는 창가를 보니
부질없는 마음

오고가는 인연
머문 바 없어
가을바람 휭하니
멍든 사랑 스쳐 간다.

혜안 06
법당에 홀로

석양이
한 폭의 그림처럼
등 뒤에 밀려드는
산사에 들어

백팔번뇌
삼천배三千拜 다하지 못한
눈물은 땀이 되어

기진맥진 풀려버린 육신
부여잡고 합장한 두 손에
오기가 서립니다.

사라진 붉은 노을은
이미 자정을 넘어

나를 밝혀주는
촛불의 고운 빛
청정한 법당에 흘렸던
흔적들만이 동행할 뿐

잃어버린 초심을
이찌 찾겠다며 발버둥 치는지

환희에
몸살 앓듯 정진했던 기억 더듬어
법당에 홀로 앉아보니

관세음보살님 미소 온화합니다.

인생

화려함의
순간 누군들 없었으리.

살아가다 보니
노래 가사처럼

질기고 질긴
인생
그러합디다.

혜안 08

마음의 길

때때로 뒤돌아보며
보이지 않는 내일을 꿈꾸며
하염없이 마음을 추스르며

자만해지면 엎드려 넘어진 척
겸손해진 척 호수의 속이 되어
진정 없는 나를 다독였으리라.

힘이 있어야 마음도 일어서고
편안함이 있어야 미소도 아름다운 것들
애써 비우려 하면 그 또한 집착이란 걸

미처 깨닫지 못한 이것들이
보이지 않았던 길

번뇌의 바다를 건너고
기쁨의 대지를 걸을 때
비로소 끝은

나에게 미안하다 하지 않는 날에
자연스럽게 비워진 평화의 길이 찾아오리라.

어리석은 사람

자신을 치켜세우는데
겸손할 줄 모르고

무리에 끼어 남의 말
좋아하는 자者
거짓말 보태지기 쉽고

주위들은 귀동냥에
혀 놀림 침묵할 줄 모르고

옳고, 그릇됨을 떠나
자신의 잘못을 타인에게
떠넘기기에 급급하고

원숭이와 같은 마음은
두터운 정 이간질하기 쉽고

요란한 목소리는
주위를 산만하게 하여
흐름을 흩뜨려 놓기 쉽고

업의 근원에 따라
결국 자신에게 돌아옴을
깨닫지 못한다.

현실과 이상의 경계

나는 왜!
쌓여가는 상념想念의 넋두리
떨치지 못해 몸서리치는가.

태워라
모든 욕망을
기다림도 욕망이요.

아파하는
이 마음 또한 부질없는 것
현실과 이상의 경계는
욕망이다.

아무것도 가진 것 없는 자
거지가 되자
마음이 거지가 되자

까맣게 타버려
도려내지 못하는 고뇌가
맑음으로 승화되어

삶의 음률의 조화가
행복으로 이루어질 때까지.

혜원 惠園

- ○ **본명** 최인순 崔仁順
- ○ **출생** 1960년 강원 춘천
- ○ **거주** 경기 용인
- ○ **현재** 시몽시인협회 회원

혜원 01

하늘 그리기

하루 종일
구름 쳐다보며
하늘만 보고 다닌 날

다리를 이젤 삼고
마음을 캔버스 삼아
하늘을 그린다

빈 팔레트에
흰색 검은색 파란색
물감을 짜고
붓과 손으로
구름을 그린다

파랑에 흰색을 조금 섞어
하늘 바탕색을 칠하고
흰색에 검정을 조금 섞어
회색 뭉게구름을
흰색에 검정을 조금 더 섞어
짙은 재색 구름을 그린다

두터운 구름층 사이로
언뜻 해가 비치니
팔레트에 노랑을 짜자
구름 사이 노란 희망을 그리고

하늘의 대왕님
붉은 태양이
구름을 재끼고
숨겨진 노을을 펼쳐 놓으니
팔레트에 빨강을 짜자
노랑에 빨강을 섞어
주황색 노을을 분사하고

운무에 가려진
청록의 산을 넣으니
마음의 캔버스엔
훌륭한 하늘이 창조된다

불후의 명작

장마 전야

파란 하늘빛은
온통 회색 구름으로 가렸어

흰색 물감에
검은색 물감을
조금 섞어 놓은 듯하더니

검은색 물감에
흰색 물감을
반쯤 섞은 색으로

후덥지근한 기운과 함께
비를 몰고 올 바람까지 불어

요란하게 내릴
장맛비인가 싶더니
새벽부터 가랑비가 내렸네

전깃줄엔
딱 그 무게만큼만
딱 그 크기만큼만
은방울이 매달려 있지

더 크게
더 많이는

사람의 욕심일 뿐
자연의 욕심은 아니야

장맛비가 왜 내릴까?

그 욕심을 몽땅 송두리째
쓸어버리려는 게지

소박한 마음을
지닌 사람들의
작고 소중한 것까지도
앗아가면서 말이야

비 오는 처마 밑
고양이 한숨이 길어지고
녹색 식물이
구름 사이로 언뜻 비치는
햇살을 애타게 그리워할 때쯤
장마는 끝이 나겠지

품지 못하고
처절하게 쓸려가는
대지의 자연을
뒤로 하고 말이야

비 오는 아침

비 오는 아침에
비련에 젖은
장례 차 행렬이 지나간다

세상과 함께하는
미련의 마지막 날
비에 젖은 마음들이 내린다

보슬비 내리던 날
멀리 소양호가 보이는 장지에
정도 떼지 못한 채
아버지 고이 흙 속에 묻고 오던 날

구슬피 산속을 메우던
망자를 위한 상여 소리도
먼 길 가시는데
여비 넉넉히 넣어 드리라던
애달픈 소리꾼의 소리도
산속에 메아리쳐 울렸지

북망산천 가는 길
이제 가면 언제 오나
오실 날이나 일러주오
상두꾼의 소리에 맞춰
회 덮은 주검의 몸은 다져지고

못다한 마음과 함께
한 삽 한 삽 채워져
무덤 등성 되었지

두고 온 처자식
눈에 흙이 들어가도
차마 잊지 못해
꿈자리에 여러 번 보이시고

무덤가 잘 자란 잔디는
나 편안히 잘 있으니 염려 말라는
아버지 말씀을 대변하는 듯

산 속 무덤가
길게 내리는 비에
무덤 속 남은 뼈까지
차가운 빗물 스미겠네

구름이 낮게 깔린 날

구름이 낮게 깔린 날엔
마음도 가라앉는다

비에 젖은 꽃잎은
삶의 무게를 못 이겨 떨어지고
나무들은 푸른 잎으로 가득 채워진다

푸른 잎 사이로 언뜻 하늘이 보이고
공간을 초월한 산새는
잠시 쉼을 얻고 어디론가 날아가 버린다

빈 공간 사이로
아카시아 향기는 퍼지고
넝쿨장미의 화려한 빛들은
신비를 토해내는데

이름 모를 흰 들꽃은
화려하지도 않으면서
마음을 끈다

마음이 머무는 곳은
한때의 예쁘고 화려함이 아니라
작고 소박한 순수에 있음을

작지만 소중한 것들을
얼마나 놓치고 살았던가
소탐대실
더 소중한 것들이
크고 화려한 것에 묻힌 채
우리는 그렇게 살아간다

담소정

숲으로 이끄는
작은 오솔길 따라 산을 오르니
산자락에 분홍빛 진달 아가씨
수줍은 미소로 반기고
연한 녹색 여린 잎의 속삭임이
바람결의 소리로 전해온다

그 옛날 골짜기를 채우던
풀무길의 대장간 소리는
산의 적막함에 묻히고
구구새 소리만 짝을 찾아
구슬피 울린다

월드컵 경기장이 내려다보이는
매봉산 전망대에 이르니
2002년의 치열했던 겨룸이
붉은 악마의 응원 소리와 함께
들리는 듯하고

멀리 바라보이는
북한산의 원효봉과
관악산의 육봉이
한양을 내려다보며
기암 경관 자랑할 새
나지막이 겸손하게 자리 잡은

매봉산의 매력에 취한다

오르막길에
놓쳤던 풍경 채우며
자락길 따라 내려오니
연못에 다리 담근 담소정이
쉼으로 지친 발을 맞이하는데
키 큰 나무는 산 까치의 쉼이 되고
키 작은 물풀은 잉어의 쉼이 된다

오가는 담소 속에
맑은 미소로 답하던
정겨운 님은 어데 가고
덩그러니 담소정만 남아
바람으로 구름을 걷고
청아한 빛으로
푸른 산을 드리운 채
멀리 바람개비는
붉은 노을만 돌리고 있다

별 여행

별 형제 다섯이 여행을 떠났다

큰 별 하나는 용기의 별이 되어
새로운 세상을 만나고 다니고

아픔의 별 하나는
슬프지만 꼭 아프지만은 않은 마음을
살랑이는 바람에 날리우고

그리움의 별 하나는
하얀 아침 바람의 기다림을
봄꽃의 예쁜 미소 속에 감춘다

보고 싶어도 볼 수 없고
사랑하고 싶어도 줄 수 없는
쓸쓸한 별 하나는
가슴에 묻은 고독의 말씨를
푸른 바다에 뿌리고

꿈꾸는 동경의 별 하나는
한때 찬란했던 광채를
떠오르는 아침 해에
수줍음으로 묻는다

그리고 세월 후

가벼워진 추억과 함께
달빛으로 읽는 시가 되어
밤하늘의 영혼이 되었다

사랑해야 할
또 다른 영혼을 찾아서

감추어진 엄마의 사랑

다섯 살 때부터
기억이 납니다
동생을 업고 제 손을 잡고
오빠들 등교를 바라보시던 엄마의 모습이

늘 바쁘신 가운데서도
세 끼 정성스레 차려 주시고
계절마다 새 옷을 입혀 주셨던 엄마

네 자녀에 대한
아버지 사랑이 너무도 커
고운 엄마 사랑은
보이지 않았습니다

의지하시던 아버지를 먼저 보내시고
그리움에 눈물짓던 엄마
늘 웃으며 사시던 엄마의 모습은
어느새 야윈 가지가 되어 가고

차려 드리는 밥에
수저가 무겁다 하시던 엄마
그때는 몰랐습니다
왜 수저가 무겁다 하시는지

아이를 낳고
내가 엄마가 되어
그때 비로소
엄마의 사랑이 보이기 시작했습니다

아……
아버지의 사랑에 파묻힌 채
엄마의 사랑은
세월이 많이 흐른 뒤
보이기 시작했습니다

카네이션이 많이
거리에 나오는 날엔
엄마의 고운 모습이 생각나
견딜 수가 없습니다

이제는 아버지 곁에 누워서
아직도 자식 걱정을 하고 계실 엄마

보고 싶어요
아버지도 함께
너무도 보고 싶어요

눈물이 흘러도
가슴이 미어져도
이 시간만큼은
그냥 이대로 있을래요
흐린 눈물 너머
두 분의 모습을
너무도 담고 싶어서

눈물다리 건너
어여 오서서
이 아픈 딸
한 번만 꼭 한 번만이라도
힘껏 안아주세요

다시
세상을 이길 마음 생기도록

혜원 08
살아간다는 것

살아간다는 것은
시간과 관계 속에서
호흡하는 것

나는 누구이며
세상은 무엇인지
인생의 답을 찾는 게임을 하다
답을 찾지 못한 채 가는 것

때로는 고독으로
최고의 사치를 누리고
때로는 가치 추구로
의미와 깨달음 속에서
자유와 평화와 행복을 느끼며

자기가 하고 싶은
자신을 추구하는 존재로
추상을 통해
본질의 상태로 돌아가는 것

본질에 집중하다
예술이 되고
창의가 되고
자신만의 주관으로
철학이 되기도 하며
인생의 의미를
부여하는 작업

혼자서는 설 수 없어
네 발로 걷다가
세상을 이길 자신감으로
두 발로 걷다가
의지할 도구 없이 설 수 없는
세 발로 걷다가
신과 영혼을 운운하며
돌아가는 길

혼자 태어나
혼자 살아가는 것을 익히다
철저하게
하나 되어 가는 것

살아가며
시간에 색을 입히고
원치 않는 얼룩을
채 빼내지도 못한 채
각자의 얼룩을
흙 속에 묻기도 하고
가루의 분신으로
우주를 떠돌기도 하는

생명 전과
생명 후의 관계

호흡하므로
살아 있음을
관계 속에서
존재를 느끼는
오늘도
살아가는 것 중의 하루

미시령 옛길

바람으로 제 살 말린
황태마을 지나

운무층층 겹산
돌고 돌아가는 길

쌍 줄기 폭포수
백담사에 몸담고

구비 구비 돌아
날개옷 잃은 선녀탕이라

기암절벽 높은 산
바람으로 머무니

울산바위 앞에 두고
동해바다 펼쳐 놓았네

고갯길 넘다 보니
서산마루 해는 지고

그리운 별 은하수 되어
울산바위 품에 쏟아지는데

아리아리 아리렁
님 찾아가는 고갯길

마음은 바람인데
지친 발은 구름일세

한스런 마음 피어올라
계곡마다 쌓이고

심산유곡 운무 속에
파묻히는 연정이여!

혜원 10
귀도

모두 돌아간다
바람도 햇살도 나무도 꽃도
처음 있던 곳으로

바람은
돌아가는 길에 만난
바위와 산맥 이야기를
모래 위에 흔적으로 남기고

햇살은
돌아가는 길에 만난
나무와 꽃 이야기를
파란 하늘에 뿌려 놓고

빗줄기는
돌아가는 길에 만난
대지와 바다 이야기를
커다란 호수 안에 담아 놓는다

하루도
바람 불지 않은 날이 없었고
하루도
해가 뜨지 않은 날이 없었다

바람이 불면 흔들리고
해가 뜨면 쬐고
파란 하늘에 노을 들듯
풀과 나무에 단풍 들듯
인생이란
수많은 시간에 색을 입히는 것

그렇게 돌아가는 길에
잠시 가던 길 멈추고
하늘이 내는 바람 소리도 들어보다가
하늘을 마음껏 나는 새 되어
영혼의 먼 여행을 떠나기도 하며

결국은
돌아가는 길
모두가
처음 있던 곳으로